VENTE

du Samedi 12 Mai 1900

HOTEL DROUOT, salle n° 8

à 2 heures

ESTAMPES

anciennes et modernes

DESSINS

Me Maurice DELESTRE, Commissaire-priseur
5, Rue St-Georges

M. Loys DELTEIL, artiste graveur, expert
67, Rue Ste-Anne

VENTE

du Samedi 12 Mai 1900

HOTEL DROUOT, salle nº 8

à 2 heures

ESTAMPES

anciennes et modernes

DESSINS

Mᵉ Maurice DELESTRE, Commissaire-priseur
5, Rue St-Georges

M. Loys DELTEIL, artiste graveur, expert
67, Rue Ste-Anne

CONDITIONS DE LA VENTE

Elle sera faite au comptant.

Lee acquéreurs paieront *cinq pour cent* en sus des adjudications.

M. Loys Delteil, remplira les commissions que voudront bien lui confier les personnes ne pouvant y assister.

MM. les amateurs pourront visiter la collection *67, Rue Ste-Anne, les 10 et 11 Mai, de 9 h. à 4 heures.*

DÉSIGNATION

ESTAMPES

Abat-jour

1 — Marché aux Fleurs, par F. Delarue. In-fol. colorié.

Aliy (P. M.)

2 — Bailly (J. S.), d'après Garnerey. Ovale in-4. Belle épr. impr. en couleurs.

3 — Corday (Charlotte). Ovale in-4. Epreuve impr. en couleurs, grandes marges.

4 — Condillac — d'Alembert — Raynal — Malesherbes — Diderot. Cinq p. impr. en couleurs.

5 — Montaigne — Descartes — La Fontaine — La Bruyère — Diderot. Cinq p. impr. en couleurs.

Almanachs

6 — Calendrier Royal pour l'année 1764. avec la vue de la Place Louis XV, par Le Charpentier, d'après de Sève. Grand in-4. Très belle épreuve. Rare.

7 — Almanach de l'indicateur fidèle pour l'année 1767, par Le Charpentier. Grand in-4. Très belle épreuve.

8 — Almanach trompe-l'œil, à tirettes, de l'époque du Directoire. In-fol. colorié. Rare.

9 — Les Mois de l'Année, par Audran, douze arabesques. Bonnes épreuves. (le mois d'Avril est de tirage moderne)

Amérique (Estampes relatives à l')

10 — Vue de la Ville de St-François de Campêche — *L'Entrée triumphale des Troupes royales à Nouvelle Yorck.* — La Havanne. Trois pièces. Très belles épr. coloriées.

11 — La vie de La Fayette, citoyen des Deux-Mondes. Lith. avec 6 sujets (pl. 1), par Jules Devid. Belle épreuve.

Autographes

12 — Sous ce n° il sera vendu plusieurs lots d'autographes. dont un avec la signature de Napoléon Ier, des lettres de Necker, Macdonald, Jourdan, etc.

Baudouin (d'après P. A.)

13 — Marchez tout doux, parlez tout bas, par Choffard. Belle épreuve.

Beauvarlet (J. F.)

14 — Le Retour du Bal, d'aprés F. de Troy. Très belle épr. sans marges.

Bigg (d'après W. R.)

15 — *The Stormy Night — Morning after The Storm*, 1798. Deux p,, in-fol. faisant pendants, par W. Ward. Epreuves mal conservées.

Boilly (L.)

16 — Grimaces — Le Second et le Neuvième mois — L'Adroit barbier. Neuf p. coloriées.

Bonnet (L. M.) et Demarteau

17 — La Douce illusion, d'après Caresme. Ovale in-4. Deux épreuves impr. en couleurs, une avant le n°.

18 — Vénus sur les eaux — Bastienne — Femme Finoise — La jeune Mère, etc. Huit pièces, d'apr. Boucher, Huet et Le Prince, belles épreuves impr. en sanguine ou plusieurs tons.

19 — Sujets gracieux — Animaux. Dix p., d'après Boucher, Huet, Le Prince. Très belle épr. impr, en sanguine, une en deux tons.

Bosio (d'après D.)

20 — Les Oublies, par Schenker. Très belle épr. coloriée.

Bouchardon (d'après E.)

21 — *Etudes prises dans le bas Peuple ou les Cris de Paris*, 1737. Vingt-et-une p., par Caylus. Très belles épreuves.

Boucher (d'après)

22 — La Marchande de Modes, par R. Gaillard — La Courtisanne amoureuse, par Filleul. Belles épreuves, la 1re restaurée.

23 — Le Pont rustique — Le Pêcheur. Deux p., in-fol., par Chedel. Belles épreuves, grandes marges.

24 — Sujets gracieux. Six p. par Michel, Beauvarlet, Martenasie, Charbonnier. Belles épr. une en couleurs.

25 — Sujets gracieux et divers. Dix p., par Demarteau, Petit, Varin, impr. en sanguine ou en 2 tons.

Boutons (Estampes sur les)

26 — Motifs divers de l'époque de la Restauration. Soixante-dix-huit motifs sur trois pl. Très belles épreuves.

Boze (d'après Joseph)

27 — Louis XVI, par B. L, Henriquez. In-fol. Belle épreuve.

Bracquemond (F.)

28 — Le Corbeau (H. B. 115). Très belle et rare épreuve du 3e état avant l'adresse de Delâtre, signée.

Bry (Théodore de)

29 — Sur le Mariage d'Henry de Lorraine, Mis du Pont et de Catherine, sœur du Roi. 1598. Epreuve avec la légende en français (déchirures).

Buhot (Félix)

30 — Les Fiacres (G. B. 123). Très belle épreuve d'état, signée.

31 — Débarquement en Angleterre (G. B. 130). Superbe épreuve, timbrée.

32 — L'Orage, d'après Constable (145). Très belle et rare épreuve du 2e état, timbrée.

33 — L'Hiver à Paris (128). Très belle épreuve, timbrée.

34 — Les Zigzags d'un Curieux (173). Très belle épreuve du 2e état avant les marges coupées.

35 — Quatre anons dans un pré (54). — Le Peintre de marine (146 — Un vieux chantier à Rochester (147), épreuve biffée. Trois pièces. Très belles épreuves.

Callot, Silvestre, Perelle

36 — Sujets divers — Vues de [Paris, environs de Paris, France — Paysages. Environ deux cent-cinquante p., renfermées dans un album.

Cassat (Mary)

37 — Avant le bain Pointe-sêche en couleurs, tirée à 50 épr. (n° 37) [pour la Société] “ *l'Estampe Nouvelle* ” signée.

Charpentier (P. F.)

38 — *Dessein d'une Grande Loupe... de la Manufacture Royale de St-Gobin...* In-fol. Belle épr. Rare.

Cochin fils (d'après C. N.)

39 — La petite Churrière en couches, par l'abbé de St-Non. Belle épreuve.

40 — Décoration du Bal Masqué donné à l'occasion du Mariage du Dauphin, 1745 — Pompe funèbre de Marie-Thérèse d'Espagne. Deux p. in-fol. Belles épreuves, la 2e avant toutes lettres.

41 — Pompe funèbre de Marie-Thérèse d'Espagne — Pompe funèbre de Elis. Thérése de Lorraine, reine de Sardaigne. Deux p., in-fol. Belles épreuves.

Costumes

42 — Le Bon Genre, nos 69, 70 et 72. Trois pl. Belles épr. coloriées.

43 — *Coeffure à l'Espoir*. — Costumes de Femmes, de l'Epoque du Directoire — Costumes militaires Russes et Anglais — L'Autrichien sentimental — Le Cosaque galant. Dix-neuf p., la plupart coloriées, plusieurs rares.

44 — Costumes militaires — Costumes divers. Quatre-vingt-dix pièces.

Cuivre

45 — Le Supplicié Mamijahasimé, cuivre original de J. Jacquemart et épreuve.

Darcis et Tresca

46 — La Pièce curieuse — La Folie du Jour. Deux p., la 1re d'après Boilly,

Debucourt (P. L.)

47 — Louis XVIII, d'apr. H. Vernet (M. Fenaille 323). Très belle épreuve. Rare.

48 — Combat en Egypte — Combat de Hussard et de Mameluck (M. F. 485-486). Deux p., gr. in-fol., d'apr. C. Vernet. Belles épreuves.

49 — Retour des Champs, d'apr. C. Vernet. Bonne épr. coloriée. Doublée.

50 — La Croix d'Honneur — Le Drapeau. Deux p., in-fol., épreuves du 2e état, avant que le nom de l'imprimeur n'ait été effacé.

Divers

51 — Sujets Religieux et mythologiques — Scènes de genre — Portraits. Dix-huit p., in-fol., par Massard, Calamatta François, Laugier, Sudre, d'après Raphaël, Girodet, Prud'hon et autres. Très belles épr., plusieurs avant la lettre.

Drevet (Pierre)

52 — Louie XIV, en pied, d'apr. H. Rigaud — Mme Lambert d'après Largillière — J.N. Colbert, d'après H. Rigaud Trois p., in-fol. Epreuves anciennes, doublées.

Drouais (d'après H.)

53 — Mlle Pélissier, par J. Daullé. Très belle épreuve avec l'adresse de Drouais, piquée.

Eaux-fortes modernes

54 — Le Premier-né par Rajon — Sujets divers, par Bracquemond, Unger, H. Somm, etc. Dix-neuf p.. la plupart en épreuves d'artiste.

55 — Arabes d'Oran — Lion dévorant un cheval — Les Fiacres — Etudes d'ânes — Soleil couchant. Huit p., par E. Delacroix, Félix et Jean Buhot, Jongkind. Belles epreuves

56 — Sujets divers — Paysages — Portraïts. Vingt-cinq p., par Raffet, A. Devéria, P. Huet E. Boilvin, Hédouin, F. Buhot, J.P. Laurens, Célestin Nanteuil, Gavarni, la plupart en épr., d'artiste.

57 — Sujets divers. Vingt-sept p., par Hédouin, Boilvin, Raffet, C. Nanteuil, Courtry, Abot, plusieurs en épr., d'artiste.

École Ancienne

58 — Sujets Religieux — Scènes Pastorales — Portraits. Cent-trente-huit planches in-4 et in-fol., par Larmessin, Lépicié, N. Lesueur, N. Edelinck, d'après les peintures des Cabinets du Roi, du duc d'Orléans, de Crozat. Belles épreuves en 1 vol., in-fol., cart.

59 — Sujets religieux et mythologiques — Paysages et Marines. Vingt-huit eaux-fortes par Castiglione, C. Maratte, L. de Boullogne, P.F. Mola, A. Manglard. Belles épreuves, plusieurs en 1er état.

École Anglaise

60 — Lady Howard — Yorck (Edw. Aug., duc d') — Hamilton (Duchesse d') — Anonyme. Quatre p., in-fol., par J. Smith, Burford, Watson, Lowry. Epreuves anciennes

61 — *Mary Queen of Scots resigning her Cronn...* — *Merry Wiues of Windsor* — *Tempest* — *King Henry the fourth.* Cinq p$^{\cdot}$, in-fol., d'après Peters, Wheatley, Smirke, par J. Simon, C. Waison, F. Legat. Middiman. Belles épreuves.

Écoles Française et Anglaise

62 — La Balançoire mystérieuse — Hony soit qui mal y pense, et pendant — La Curieuse — La Sentinelle en défaut — Le Verrou, etc. Neuf p., in-fol., d'apr. Baudouin Lavreince, Fragonard, Caresme, Eisen par N. De Launay Vidal, Hubert, Blot, épr., anciennes.

63 — La Partie de Whist — L'Arrivée de la Fermière — Têtes de jeunes Femmes — Scènes rustiques. Douze p., d'après Moreau, Huet, Leclerc, Boucher, par Dambrun, Bonnet, Demarteau, Janinet, sept impr. en couleurs ou en sanguine.

64 — Les Soins tardifs — Contes de La Fontaine — Les Baigneuses — Le Serment, etc. Quinze p. d'ap. Baudouin Lavreince, Fragonard, La Joue, etc. Epreuves anciennes

65 — Le Gascon puni — L'Amant complaisant — Le voila fait — La Mère laborieuse — La Ratisseuse, etc. Seize p. in-4 et in-fol. d'après Chardin, Huet, Le Prince, Greuze, etc., la plupart en épreuves anciennes.

66 — Contes de La Fontaine — Sujets gracieux — Paysages Vingt-deux p. d'apr. Boucher, Watteau, Bosio, Schall, plusieurs imp. en couleurs ou coloriées.

67 — Enlèvement d'Europe — La Revue du Trou d'Enfer. — Pysché et l'Amour — Conversation galante — Vénus allaitant l'Amour — Le Jeu de Cache-cache mitoulaus, etc. Dix-huit p., d'apr. Lancret, Le Moine, J. Vernet Le Pann, Vanloo, par Cars, Flipart, Moitte et autres.

68 — *Ledié* — Vénus — Ariadne — Sapho — *Cupid binding Aglaia to à Laurel.* Sept p. in-8 et in-4 par Demarteau, Moret et autres impr., en couleurs, en bistre ou en sanguine,

69 — Paris and Helen — L'Etonnement de l'Innocence — Mlle Raucour — Narcisse — La Grotte des Nymphes, etc Sept p., d'apr. Ang. Kauffmann, Sicardi, Le Moyne, etc. deux coloriées.

École Hollandaise

70 — Scènes d'intérieur — Sujets Rustiques — Paysages. Onze p., in-4 et in-fol., d'après Rembrandt, Ostade, Vander Neer, Wouwermans, par J.P. Le Bas, Moyreau, Beauvarlet etc. Belles épreuves.

Fantin-Latour (H.)

71 — L'Immortalité, 1899. In-4. Belle épreuve.

Fragonard (d'après H.)

72 — La Culbute, par P.F. Charpentier. Belle épreuve imp. en bistre. sans marges.

73 — La Gimblette, par Bertony. In-fol. Bonne épreuve avant les armes.

Gaujean (Eugène)

74 — Les Baigneuses, d'ppr. H. Fragonard. Très belle épr.. d'artiste sur japon, impr. en couleurs. Signée.

75 — Jeune Fille, d'apr. Greuze — Couverture, d'ap. Lynch pour la *Dame aux Camélias*. Deux p. Très belles épr., d'artiste imp. en couleurs, signées.

Goltzius (Henri)

76 — Un Porte-enseigne, 1587 (B. 125) Très belle épreuve.

Green (V.)

77 — Genlis (Mme de). d'ap. Silvestre de Mirys, 1781. Petit in-fol.

Greuze (d'après J.B.)

78 — La Mère bien-aimée — L'Hermitte — La Veuve et son Curé. Trois p., in-fol., par Massard, Le Vasseur et Marais

Guyot (L.)

79 — Action courageuse qui a méritée le prix d'Amiens en 1786, d'après G. Texier. Belle épr., impr., en couleurs.

80 — La même estampe. Belle épreuve imp. en couleurs.

Harmar (T.)

81 — *From the Banquet.* Ovale in-4. Belle épr., impr. en couleurs, marges.

Hogarth (d'après W.)

82 — *Beer Street* — *France* — *The Times* — *Gin Lane* — *The Idle Prentice* et *The Industrious Prentice.* (suite de 12 pl.). En tout dix-sept p. par T. Cook. Belles èpreuves.

Holl (William)

83 — *The Queen, 1864.* (La Reine Victoria), d'après A. Græfle. In-fol. Belle épreuve sur chine. Rare.

Huys (Pierre)

84 — Le Christ en Croix (Bartsch 2). Belle èpreuve. Rare.

Isabey (J.B.)

85 — S.A.R. Madame la Dauphine, 1824 — Portrait de jeune Femme. Deux lith. originales. Belles éprevves.

Jacque (Charles)

86 — Vaches à l'Abreuvoir. Eau-forte.

Jazet (J.P.M.)

87 — Bivouac du 3me régt de Hussards commandé par Moncey, d'apr. H. Vernet. Grand in-fol. Belle épreuve.

Landseer (d'après Edwin)

88 — Catherine Seyton, par W.A. Simmons. In-fol. Belle ép.

Landseer (Thomas)

89 — Portrait équestre de Femme, habillée en amazone, d'après F. Grant. In-fol., 1839. Très belle épreuve avant la lettre sur chine.

Lautrec (H. de Toulouse)

90 — La Présentation. Belle épreuve, signée.

91 — La Femme au chat, vue de face. Epreuve signee.

92 — La Femme au chat, vue de profil. Epreuve signée.

93 — Scène théatrale. Epreuve sur Japon, signée. Rare.

94 — Cabotins. Belle épreuve.

95 — Mlle Lavallière. Belle épreuve.

Lavreince (d'après N.)

96 — La Sentinelle en défaut, par Darcis. Bonne épr. avant la lettre, coloriée.

Lawrence et Ross (d'après)

97 — Prince de Galles enfant et sa Sœur Victoria, 1842 — Portraits d'Enfants. Trois p., in-4 par Lewis et Robinson Belles épreuves, deux avant la lettre.

Le Barbier aîné (d'après)

98 — Le Mari dupe et content — La Prudence en défaut. Deux pièces faisant pendants, par Patas. Très belles ép. à grandes marges.

Legrand (Aug.)

99 — La Leçon — Amour maternel. Deux p. faisant pendan Belles épr., impr. en couleurs, sans marges. Encadrées.

Lepautre (Jean)

100 — Ornements — Vases — Plafonds — Sujets divers. Vingt-cinq p. Belles épreuves.

Le Prince (Jean-Baptiste.)

101 — Cris et divers Marchands de St-Pétersbourg, Moscou et de Russie. 1re, 2e et 3e sui es (tout ce qui a paru) complètes, soit en tout dix-huit pièces in-8 et in-4. Très belles épreuves.

102 — Costumes et Scènes Russes. — La Bouquetière. Quinze p. Belles épreuves.

103 — Costumes et Scènes Russes. — Têtes de Fantaisie. — Marines. Trente-huit pièces. Belles épreuves, plusieurs impr. en bistre.

104 — Pastorales — Scènes de genre — Figures — Paysages. Dix p., par J.-B. Le Prince ou d'aprés lui par Demarteau, Bonnet, R. Gaillard, N. de Launay. Belles épreuves, plusieurs impr. en sanguine.

Lithographies

105 — Sujets divers. Trente-six p., par Charlet, H. Vernet, Lami, Gavarni, Géricault. Belles épreuves.

Lunois (Alexandre.)

106 — Danaé. In-fol. Très belle épr., impr. en couleurs, signée. Trés rare.

Martial-Potémont (A.)

107 — Vues de Paris : Cuisines de l'Hôtel-Dieu — Rue Chartière — Théâtre St-Marcel — Rue de Gindre — Marché des Patriarches, etc. Neuf p., in-fol. Très belles épreuves d'artiste.

Maurin (Charles)

108 — La Jarretière. Très belle épreuve.

109 — La Femme se coiffant. In--fol. Très belle épreuve impr., en deux tons, signée.

110 — Pierrette. Très belle épreuve, signée.

111 — La Tireuse de cartes. Très belle épr., impr. en couleurs, signée.

112 — Le Marché aux Fleurs. Très belle épreuve, signée.

113 — Femme nue assise. Très belle épreuve sur japon, signée.

Miger (S.-C.)

114 — Mmes Adelaïde et Victoire de France. Deux p., in-4 d'après Mlle Capet. Belles épreuves, marges.

Millet (J.-F.)

115 — Le Départ pour le Travail, 1863 (A. L. 20). Très belle épreuve avec les adresses de Delâtre et Moureaux.

116 — Les Glaneuses (A. L. 13). Epreuve avec l'adresse de Delâtre.

117 — Le Semeur. Eau-forte originale? non cataloguée par A. Lebrun. In-8. Très belle épreuve sur papier ancien.

Moitte (d'après)

118 — Le Bouquet déchiré, par Deny. Belle épreuve.

Moreau le jeune (d'après J. M.)

119 — La Sortie de l'Opéra, par Malbeste. Epreuve avec les lettres A. P. D. R.

Morland et Singleton (d'après)

120 — Industrie et Economie — Fruits de l'Industrie et de l'Economie — L'Egarement et la Dissipation — Effets de l'Egarement et de l'Oisiveté. Suite complète de quatre pièces par Darcis.

Morland et Ward (d'après)

121 — *The Cottager's Wealth* — *The Cottager's Favorite*. Deux p., in-fol. faisant pendants, par G. Keating et S.W. Reynolds, 1798-1799. Epreuves mal conservées.

Morland et Penny (d'après)

122 — *The Coquette at her Toilet*, par W. Ward, 1787. — *Benevolent Physician*, par J. Baldrey, 1784. Deux p., la 1re impr., en couleurs. Epreuves en mauvais état de conservation.

Née (F. D.)

123 — Chambre du Cœur de Voltaire, d'apr. Duché. In-fol. Belle épreuve.

Nicholson (W.)

124 — Victoria, Reine d'Angleterre — Whistler. Deux p. Belles épreuves impr., avec teinte.

Oudry (par et d'après J. B.)

125 — Roman Comique, 21 pl., in-fol. Belles épreuves.

Paris (Estampes relatives à)

126 — *L'admirable dessein de la porte et place de France avec ses rues commencée a construire es marestx du Temple à Paris*, par Claude Chartillon, 1610. In-fol. Belle épreuve, doublée. Rare.

127 — *Au Grand Caffé Royal d'Alexandre*, par Arrivet. Le Panthéon, avant toute lettre. Deux p.. petit in-fol.

128 — Jeu des Monumens de Paris (*A Paris chez Basset*). In-fol. Belle épreuve.

Pièces historiques

129 — *Collection de 12 estampes... représentant les résultats des plus mémorables victoires remportées par les armées russes en 1812*. Titre et 12 pl., in-fol., par Fedoroff et Beggrow, 1814. Belles épreuves. Très rares.

130 — Bataille d'Aspern — Louis XV tenant lit de Justice (12 sept. 1715 — Mort du chevalier d'Assas — Assassinat des Français dans Rome (chanson) — Monuments à Henri IV et Louis XVI — Testament de Louis XVI et de Marie-Antoinette — Allégories relatives au duc d'Enghien — Mariage de Napoléon Ier. Dix-huit p., in-4 et in-fol., plusieurs très rares.

Portraits

311 — Dietrichstein (Pcesse), par P. Fontana. In-fol. Très belle épreuve avant toutes lettres. Rare.

132 — Restout (J.) — La Tour (M. Q. de). Deux p., in-fol., d'après M. Q. de La Tour, par Moitte et Schmidt, la 1re avant toutes lettres, de la collection Goncourt.

133 — Femmes : d'Eon de Beaumont — Ninon de Lenclos — Miss Temple — Mrs Hyde — Mrs Siddons — Mme de Graffigny — Mme Récamier sur son lit de mort, etc. Trente-quatre p., in-8 et in-4.

134 — Les Légats à la Paix Universelle. Quarante-deux p., in-fol., par P. de Jode, C. Waumans, P. Fontius. Belles épreuves à grandes marges.

135 — Pichegru, par Coqueret, d'après Hilaire Le Dru. In-fol. Très belle épreuve, marges.

136 — Corday (Charlotte). Ovale in-8. Très belle et rare épreuve d'essai impr. en bistre, avec des *croquis* dans la marge du cuivre.

137 — Marie-Antoinette. Cinq p., par Coqueret et anonymes *Les Garants de la Félicité publique — Fin tragique de Marie-Antoinette d'Autriche*... (au lavis). En tout sept pièces, la dernière très rare.

138 — Du Barry (Ctesse) — Provence (Ctesse de) — Elisabeth (Mme) — France (Louis-Stanislas-Xavier de). Cinq p., par Cathelin, Bovinet et Bouillard. Très belles épreuves, une avant toutes lettres.

139 — Cagliostro — Dumont (J.), le Romain — Courville (Mme de) — Dussault — Kléber — Lefebvre. Sept p., par Gautier, Flipart, Fiesinger et anonymes, une impr. en couleurs. Belles épreuves.

140 — Charles IV, roi d'Espagne et sa Famille — Léopold II, Emp. d'Autriche — Frédéric II — Frédéric-Guillaume III — Marie-Louise, Impératrice d'Autriche. Dix p., par Weiss, Mansfeld, Donas, Jacob Adam. Belles épreuves.

141 — Mellan (A.) — Edelinck (G.) — Chauveau (F.) — Le Clerc (S.) — Graveurs : Wille (J. G.) — Duchange (G.) — Cars (L.) — Laurent (P.) — Watelet (C. H. — Picart (B.). Dix p., in-8 et in-4 par Edelinck, St-Aubin, Duflos et autres. Belles épreuves.

142 — Sénac de Meilhan — Cte de Vergennes — Pce de Vaudemont — Coysevox — Girardin — Anguier — J. G. Grillot — N. Chanlatte. Douze p., in-fol., par Larmessin, Cars, J. Audran, Duchange, etc. Bonnes épreuves

143 — Galerie Française des Hommes et Femmes célèbres : Boucher (F.) — Mme de Grafffgny — Mme Du Chastelet — Louis XIV — Le Régent — Servandoni — L'Abbé Prevost — Rameau — Marivaux — Restout, etc. Vingt-quatre p., in-4 par Voyez, Henriquez, Miger et autres. Belles épreuves.

144 — Personnages Russes. Vingt-cinq p.

145 — Ecrivains Français : Rousseau (J. J.) — Voltaire — Chapelain — Montesquieu — Benserade — Boileau, etc. Vingt-cinq p. in-8 et in-4 par Nanteuil, Cars, Choffart, St-Aubin et autres, la plupart en belles épreuves.

Rassenfosse

146 — La Belle Hollandaise. Epr., sur japon. signée.

Ridinger (J.E.)

147 — Sujets de Chasse et d'Equitation — Animaux. Dix-neuf pièces.

Rops (Félicien)

148 — Pigeon-Vole (Ramiro 18). Belle et très rare épr. de la planche entière sur chine volant.

149 — La Vieille à l'aiguille (R. 160). Belle épreuve sur japon, signée.

150 — L'Evocation (R. 443). Belle épreuve sur japon.

151 — La Vengeance d'une Femme (grande pl. des Diaboliques. Epreuve sur japon.

152 — Les Exercices de dévotion de M. Henri Roch (R. 448) gr. pl. Epreuve sur japon.

153 — Le Doigt dans l'œil (R. 99). Belle épreuve sur japon, signée.

154 — Juillet (R. 153). Epreuve sur japon.

155 — Le Rideau cramoisi (gr. pl. des Diaboliques), sur japon.

156 — Le Sphinx (gr. pl. des Diaboliques) sur japon.

157 — Le plus bel Amour de Don Juan (gr. pl. des Diaboliques), sur japon.

Saint-Aubin (Aug. de)

158 — Sophie Le Couteulx du Moley, d'ap. C.N. Cochin fils Belle épreuve, marges.

159 — Mmes de Sévigné — Montespan — La Vallière — Deshouliéres — Maintenon — Voyer (A.R. de) — Bignon (J.F.) — Poëtes et Ecrivains français. Trente p. in-8 Belles épreuves.

160 — Validé ou Sultane Mère, par Mme Lingée. In-4. Belle épreuve, coloriée.

Saint-Evre (G.)

161 — Scène de Quentin-Durward ? Très curieuse lithographie de l'époque romantique (1828). Belle épreuve sur chine, fort rare.

Société Française de Gravure

162 — Simonetta — L'Annonciation — L'Amour divin et l'Amour profane — Moïse sur les eaux — La Pesteà Rome etc. Treize p., par Henriquel-Dupont, Boutelié, Dubouchet, Soumy, la plupart non terminées, plusieurs sur chine.

Sports (Estampes sur les) et la **Chasse**

163 — *Rockingham* — *Sir Thomas*. Deux p. in-fol., par J.W. Edye d'apr. Sartorius, 1789. Belles épr., impr. en couleurs. Encadrées.

164 — *Mameluke* (Derby d'Epson, 1827). In-fol. par Reeve d'apr. J.F, Herring. Belle épr., en couleurs. Enoadrée.

165 — *Frederick* (Derby d-Epson, 1829), par les mêmes artistes. Belle épr., en couleurs. Encadrée.

166 — *Priam* (Derby d'Epson, 1830), par les m. art. Belle épr. en couleurs. Encadrée.

167 — *Rockingham* par C. Hunt, d'apr. J.F. Herring. In-fol Belle épr., en couleurs. Encadrée.

168 — *Mundig* (Derby d'Epson, 1835). In-fol. par C. Hunt d'apr, J.F. Herring. Belle épr. en couleurs. Encadrée.

169 — *Amato* (Derby d'Epson, 1838). In-fol. par les mêmes artistes. Belle épr. en couleus. Encadrée,

170 — *Don John*, par E. Duncan d'apr. C. Hancock. In-fol. 1838. Belle épr. en couleurs. Encadrée.

171 — *Nutwith*, par C. Hunt d'apr. H. Hall, 1843. In-fol. Belle épr. en couleurs. Encadrée.

172 — *Foig-à-Ballagh*, par les mêmes artistes, 1844. Belle épr. en couleurs. Encadrée.

173 — *Bear Baiting* — *Digging Out* — *Earth Stopper* — *The Arabs Delight* — *Ideas*. Six p. in-4, cinq par Alken. Belles èpr., coloriées,

174 — *Hare hunting*, pl. 1 et 2 par G. Reeve d'apr. Hodges 1836. Deux p. in-fol. Belles épreuves coloriées.

175 — *Coursing* — *Shooting*. Deux p. in-fol., par Stewart et Suterland d'apr. Wolstenholme, 1823. Très belles ép. coloriées,

176 — *Badger Catching* — *Earth Stopper* — *Sledgeing* Trois p. in-4 par I. Clark d'apr. H. Alken, 1820. Très belles épreuves coloriées.

177 — Diligence Française — Malle-Poste Anglaise — Calèche Française. Quatre p. in.fol., par Jazet. Belles ép. en couleurs, grandes marges.

178 — Le Chasseur au tirer — Le Jockey effrayé — L'Abreuvoir — Le Départ pour la Promenade — Troto corto — Troto sostenido. Six p. in-fol. d'apr. C. Vernet, Cotteau L. Faure, par Jazet, Levachez, Marchand, Estève. Belles ép.

179 — Estampes diverses relatives aux Courses, à la Chasse et à la Pêche. Trente p. par Alken, Howitt et autres.

180 — *The Red Rover*, *Southampton coach* — *Four in Hand*. Deux p., in-fol. d'apr. J. Pollard, par Ch. Hunt. Epreuves coloriées.

Téniers (d'après David)

181 — La Tentation de St Antoine — Fêtes Flamandes — Scènes rustiques. Dix-huit p., par J.P. Le Bas, De Launay Varin. Bonnes épreuves.

Vignettes

182 — Le Premier baiser de l'Amour et autres, 7 pl. d'après J.M. Moreau par Le Mire, De Launay — Œuvres de Molière, 10 pl. d'après F. Boucher par Cars. En tout dix-sept p. Belles épreuves, plusieurs avant la lettre.

Ward (William)

183 — *The Mother's Bribe*, 1818. In-fol. Belle ép. (déchirures)

Watteau (d'apr. Ant.)

184 — Sujets divers — Figures chinoises — Arabesques. Trente-trois p., par Jeaurat, Boucher et autres. Belles épreuves.

Watteau, de Lille (d'après)

185 — *Un Baiser, ou la Rose,* par Fessard. Belle épreuve, marges.

Wheatley (d'après F.)

186 — *Cerises douces*, par A. Cardon, 1795. Belle épreuve impr., en couleurs et coloriée.

187 — *Henry and Jessy*, par J. Hogg, 1786. In-fol. Belle épreuve coloriée.

Wiérix (les)

188 — Bourbon (Eléonore de), femme de Ph. Guillaume, Pce d'Orange (Alvin 1999). Mercœur (Ph. Emm. duc de), (A. 1980). Deux p. Belles épreuves.

AQUARELLES ET DESSINS

Anonymes

189 — Projet de Place publique à Paris? grande et curieuse aquarelle animée de nombreuses figures de l'époque du Directoire.

190 — Sujets de Chasse et Scènes de genre. Huit petites gouaches anciennes, de forme ronde.

Bida (Alex.)

191 — Molière dans le Misanthrope. A la plume signé.

Boggs

191 bis — Sur la plage à Grandcamp. A la plume. Signé et daté de 1882.

Cals

192 — Jeune Femme tricotant. Signé et daté de 1854. Au crayon noir avec quelques rehauts de blanc.

Chasselat (Charles)

193 — La Leçon d'Escrime — La Toilette — Au Bal, etc. Sept curieux dessins pour la *Mode à Paris*, 1820, rehaussés d'aquarelle. Signés et datés.

Clermont

193 bis — Scènes champêtres — Scènes enfantines. Neuf dessins, plusieurs rehaussés d'aquarelle ou de sanguine.

Costumes

194 — Costumes militaires Français et Russe. Huit intéressants dessins par Parrocel, Eisen, N. Finart, deux rehaussés d'aquarelle deux encadrés.

Delacroix (Eugène)

195 — Hercule? enlevant un sanglier. A la mine de plomb sur papier calque.

196 — Croquis pour la *Banque du Dante* — Croquis de chevaux — Etudes diverses. Trois feuilles de croquis, avec le cachet de vente de l'atelier du maître.

Devèria (Eugène)

197 — Deux jeunes Filles en prière. Au crayon noir.

Divers

198 — Etudes de Femmes nues — Sujets gracieux. Neuf dessins attribués à Boucher, Greuze, Fragonard, etc.

198 bis — Paysages — Sites rustiques. Dix dessins attribués à H. Robert, La Joue, J. B. Huet, Desfriches, plusieurs lavés d'aquarelle.

199 — Sujets divers. Vingt-trois dessins par divers artistes anciens.

199 bis — Sujets divers. Dix-neuf dessins par divers artistes anciens.

Géricault (Th.)

200 — Etudes de Figures — Paysages. Huit croquis à la plume ou à la mine de plomb. Ce n° sera divisé.

Guys (Constantin)

201 — Une Etoile de Café-Concert. Grande et curieuse aquarelle.

Jongkind (J. B.)

202 — Marine. A l'encre de chine.

Lafage (G. Laujol de)

203 — L'Hiver dans la Forêt de Fontainebleau. Au crayon noir rehaussé de pastel.

Laurens (Jules)

203bis — La Croix de la grêve. Au crayon noir, lavé d'encre de chine, légers rehauts. Signé.

Lauters (P.)

203ter — La Chaumière ombragée. Belle aquarelle avec dédicace.

Lautrec

204 — Moine assis. Aquarelle. Signée.

Legros (Alphonse)

205 — Etude de femme couchée au pied d'un arbre. — Etude de Moine en prière. Deux dessins à la mine de plomb.

206 — Etude pour le portrait de Champfleury — Etude de vieillard. Deux dessins à la mine de plomb.

Loir (Luigi)

207 — L'Entrée du Village. Sur papier Gillot. Signé.

Millet (Jean-Baptiste)

207bis — Paysage. Grand dessin au crayon noir, signé.

Rassenfosse

208 — Buste de Fémme nue. Signé.

Rousseau (Théodore)

209 — Une allée sous Bois. A la plume. Cachet de vente de l'atelier de maître.

Saint-Quentin (attribué à)

210 — Projet de Frontispice avec la Statue de Louis XV. A la plume, lavé d'encre de chine.

Thornley (G. W.)

211 — Bords de Rivière. Au crayon noir. Signé.

212 — Paysages. Deux dessins à la sépia, le 1er signé.

213 — Sous ce no il sera vendu par lots environ 3.000 gravures anciennes et modernes.

Imp. A. Charles, 26, Rue Rambuteau, Paris

www.ingramcontent.com/pod-product-compliance
Ingram Content Group UK Ltd.
Pitfield, Milton Keynes, MK11 3LW, UK
UKHW032036260826
14628UKWH00006B/2996

9 782329 341279